eye.
守望者

——

到灯塔去

守望者·香樟木诗丛

# 红的因式分解

梁小曼诗选

梁小曼 著

南京大学出版社

# 目　录

**诗六十首**

乡　愁 ………… 3

阿斯旺 ………… 4

暴　力 ………… 5

葡　萄 ………… 6

体面生活 ………… 7

较场尾 ………… 8

去海边钓马鲛鱼的下午 ………… 10

东　京 ………… 11

酒　店 ………… 13

无　题 ………… 15

鸽　子 ………… 17

无　题 ………… 19

南　京 ………… 21

虚拟世界 ............ 23

梁先生 ............ 25

赵小姐 ............ 28

童　年 ............ 30

布　偶 ............ 31

疼　痛 ............ 33

室　友 ............ 34

系统故障 ............ 36

悔疚 ............ 38

惊　蛰 ............ 40

墓　园 ............ 42

声　音 ............ 44

夜　歌 ............ 46

操　场 ............ 48

倒　退 ............ 50

金色泳池 ............ 51

我血中的暮色也是你的 ............ 53

敲钟人 ............ 55

旅　行 ............ 57

先　人 ............ 59

十一月 ............ 60

春　分 ............ 61

夜行动物 ………… 63

暴　雨 ………… 64

无　题 ………… 66

桂阳行 ………… 67

母　岭 ………… 69

沙溪歌谣 ………… 70

过墓地 ………… 72

无题或狐步舞 ………… 73

彩虹火车 ………… 75

蛇 ………… 76

蝙　蝠 ………… 78

你将与哀悼的人们为侣 ………… 80

岛　屿 ………… 82

太阳十三行 ………… 84

游杭诗 ………… 86

静　物 ………… 89

无　题 ………… 92

这也是一个奇迹 ………… 94

火 ………… 96

豹 ………… 98

耳　朵 ………… 100

兔　子 ………… 102

Samanea，Salamander & 吴女士 ………… 103

在神圣的夜里从一地往另一地迁移 ………… 105

沙　丘 ………… 107

**红的因式分解**

Ⅰ ………… 113

Ⅱ ………… 114

Ⅲ ………… 115

Ⅳ ………… 116

Ⅴ ………… 117

Ⅵ ………… 118

Ⅶ ………… 119

Ⅷ ………… 120

Ⅸ ………… 121

Ⅹ ………… 122

Ⅺ ………… 123

Ⅻ ………… 124

札记：与诗有关 ………… 125

"我想做一只虚空缓慢的龟" ………… 143

跋 ………… 167

# 诗六十首

詩十六首

# 乡 愁

大雾弥漫
父亲的手从 1933 年
伸向我,风的变形中
它节节消失——

乡村的魔术
不再演变
泥土,河流,野兽
它节节消失——

神灵在上
祖先在下
活着的人徒劳地活着

# 阿斯旺

身材瘦削的人走过
他的手臂格外漫长
撑起一个更长远的镜头
伸向星空

夜的一切裸呈
无名的昆虫在呻吟
沙漠那抽象的欲望
让具象的旅途
疲惫不堪

昏昏欲睡,沉默的车队
等候出城的信号
阴影里,事物的次序
被星盘调动

# 暴 力

漂泊的人占有着
此刻,熄灯前的广场
委顿的日子让他们有许多
要倾吐的故事
发狂的叫喊,争执
划破一个街区的夜晚
宁静的蚕茧破裂
你从失重的世界坠落
领受着生的灰暗,欲望
长夜里枯坐,倾听神的声音
她爱你胜于一切
她给你一颗破碎的心
她给你吞噬自我的暴力

# 葡 萄

为春夜水墨而惊讶
叙事的乌有乡
被无间奏的鸟语浸洗
你的眼睑抬起
世界此刻是极简主义的

裸睡的人有神秘呼应
大雾的修辞熟透了葡萄
母语不断返回声音
如同葡萄籽,总落入泥土

叙事的乌有乡
被无间奏的鸟语浸洗
葡萄籽的梦,从风景醒来

# 体面生活

他的声音
被烫金的《刑法哲学》
压得很薄。
"人们在过一个奇怪的节日
戴着面具做爱"
"街上,还有松鼠吗?"
"亲爱的,它们和老年人一样
体面生活。"

深居简出
度过每一个夜晚
如一棵树度过深秋

# 较场尾

开车从大梅沙出发
公路的左边是荒凉的山
右边,能看见白茫茫的海
我们穿过鹅公岭隧道
沿路没有什么车
较场尾也没有什么人
我们走在大海与半遮掩的
客栈之间
那些客栈有着蓝色的
白色的、粉红色的外墙
门口有趴睡的狗
没有猫。没人招呼我们
也没人阻扰我们
我们随随便便地
闯入原住民的村落

酒吧、客栈和海鲜档
经过一块"艳遇高发地"的木牌
来到大海的面前
冬天阴郁苍白
大海也乏味无聊
我们举起食指和中指
拍美颜照,仿佛要证明
冬天和大海,以及我们
确凿无疑地存在着

## 去海边钓马鲛鱼的下午
——赠茱萸

曾经,我能在堤岸上
吹一天海风,吹得乌发潮涨
海水没过耳根的礁石

鸟翅是记忆之盐
扬手,飞鸟划一道霓虹弧线
丝弦探入大海,间奏的

铃铛响起,马鲛鱼突然
梦见刺钩。远处的船头
赤膊的少年在吹口琴

此刻又有风吹过太平洋
那些银光闪闪的鱼群
何时再游过正午的海马沟回

# 东 京

火车在天空穿过东京的高楼
而天空也倒映在穿过高楼的
火车中,我的耳边响起一部
电影记录的声音,倾听的姿态
像一只云中降落的鸟
等候暴雨的信号

轨道下的人们神情漠然,举止庄重
回避目光的交换,就像回避一场大雨
回避鲜艳的颜色,执着一种无盐的
鱼生和清淡的房事
他们在火车之下,在高楼之上
脂粉与香味被精确地测量
一切恰到好处

我想起那侧耳倾听火车的阳子
那云中降落的鸟,折羽的鸟
等候一个婴儿的来临
沉默中测量火车穿过高楼的
声音,测量他的内心
和欲望,然而
夫妇之间谈情说爱是多么失礼

天空黯淡
我们测量这火车穿越高楼的
声音,记录它,回忆它——
这声音,这穿破空虚的欲望

# 酒　店

椭圆形的书桌一隅放了我
随身携带的毛笔、砚墨
和宣纸，窗外的新界也有青山
抵达罗湖或落马洲的火车
每隔两分钟就穿过白昼
以及黑夜，却几乎是沉默的
久视让人恍惚，何况美妙的
身体正游弋在底楼的海中
你仿佛听见塞壬的呼唤
耳蜗里轰鸣，然而推门而入的
素衣女工，讲一口委婉的
粤语，她称呼他先生，称呼你
太太，要不要帮你们把杯子洗了？
你让她做最低限度的房间整理
牙刷不换，床单不理，东西无须

收拾，只要给我多添两支小牙膏
它们消耗颇多，有时一天要刷四次牙
多数时候，夜晚听不见任何声音
除了通道另一头的婚房，办喜事的人们
住在一个不吉利的楼层里
多么奇怪，酒后的夜晚如此安静
你看着一堆诗集，不知道从何读起
忽然想到，十月的某个夜晚，某个荒凉的城市
某家酒店公寓里传来男欢女爱的声音

# 无 题
——致北岛


霓虹灯混合着晚霞映红他们的脸
犹如暗房里冲印的底片
我抬头望向几何图案的天空
等候一只飞翔的鹰,它

已经飞翔了多年,从那年的
端午,诗人之死被朗读成诗
而鹰,盘旋在高楼之上,凝视着
那些写诗的人,那些通巫术的人

将过去写入历史,将历史注入未来的
人们,此刻也在中银十三层
——不祥的数字,在这里读诗
并像底片般,被时代和霓虹灯

再一次冲印

举起酒杯,我观察着远处,你的目光
变得柔软,迎向远方的客人,人们相互
拥抱,问候,叙述久违的消息
而我听见鹰在拍击深红的天空

# 鸽 子
——给平田俊子

残留的话语,像火车
驶过北方的荒原,白桦林
被飞速划出一道道阴影
停留在视网膜内所形成的
返照

"等你回了家,而我回到东京
我们依然在香港中区般咸道上
一再地相遇,每天,就像昨天
今天……"

她澄澈的眼神让我想到鸽子
一个灰白色的,字必须竖着写的
鸽子。留着樱桃小丸子的齐刘海

独居在东京的郊外,一个月写两首诗
我们喝酒到深夜
她比陈东东还要更早地
打起瞌睡,此时,我才想起
你生于一九五五年

# 无 题

> 所有的物体都是由原子构成的
>
> ——德谟克利特

皮肤日渐干燥,镜中的女人
向镜子索取理想形象,然而水的
粒子,光的粒子,它们飞逝
它们把枯朽留给肉身,将神灵带到远方
墨分五色,一河两岸三段
山水,它要揭示永恒

饮劣质咖啡的人渴望美学的天际线
妖娆的汉字和冬天灰暗的
枝杈一同坠下,美是一种专政
棍棒指向方正的队伍,方正的汉字
或者,还需要方正的肉身

统一的意志何妨催生新的整骨术

夜晚也将被革除
美的规范手册里,对光明的尺寸
与材质也做出了学术的定义
那暧昧的颜色,枯萎的光
镜中的形象已支离破碎

# 南 京

被压缩的时间量
将你从巨大的腹部吐出
新朝的地平线浮现
钢架结构的屋檐下弥漫着
灰白色的风景
约定的车辆迟迟不至
接应的人困在离别的楼层
我们需要危险的爱……

来照亮此刻
来引发歌唱
歌唱者的抒情内心
将我们带回
那圣十字的洞穴里
微暗的火,残页被翻开

时间被默念
冬夜,覆盖着尚未没落的银发

这一切是爱在召唤爱
歌唱孕育歌唱,寒冷感受寒冷
年告别年,新朝的轮廓正被
灰色的风景描绘……多少记忆
在湖底沉睡

此刻,你想起一只红耳鸭
和危险的爱,那些荒凉,孤独
遥远的事物赋予你诗歌
在这样一个时代,这样一个地方
雾霾的风景正涌向我们
而你必须将它念出

# 虚拟世界

从幽暗的房间里醒来,有一刻
你寻觅着一种神秘黑鸟的声音,它
经常落在你散步的小径
种植的某种南方的树上,发出嘶哑的
叫声,你的心为之颤抖

    它来自虚拟世界……

梦犹如巨大的石头压在你身上
你被寻觅唤醒,却听不见黑鸟的声音
它近似于存在,被你所领会
拉开窗帘,操场空无一人,几栋高楼
左手边有一座圆柱体,连续三日,天空
不曾明亮过,一块久存箱底的布料

    疑问无处不在……

水汽覆盖的镜中是你不能辨认的面孔和身体
皮肤上的毛发都去了哪?那长耳朵,红眼睛
隆起的腹部,椭圆形的身躯,那个内心形象
无数次通过胸腔发音而得到实现,毕竟

  你是善于欺骗的大师……

# 梁先生

世事茫茫难自料,春愁黯黯独成眠。

——韦应物

梁先生生于一九三六年
据说如此,有时候
他会推翻这个说法

他穿反季节的衣裳
或说,夏天穿成秋天
秋天穿成冬天,那冬天呢?
冬天他穿得像北欧人

梁先生喜食热水烫过的
煎牛仔骨,餐后必服
随身携带的维生素 B

言谈欠缺节奏感
夹带让人泄气的口音
他从不听电话
像民国人那样回信

出生那年,战火蔓延
家中私塾惨淡经营
像乱世的傅山
父亲也给乡人抓药治病

一九六一年,他失去
父亲,自己活了下来
大学为学生的饥饿
按月发放粮票

年轻时的许多事
他很少和女儿谈起
是否有过初恋的情人
是否为父亲彻夜痛哭……

记忆如此累赘
梁先生常独坐茶楼里
沉默不语,从衣袋掏出
钢笔,在菜单上默写
唐人的诗

# 赵小姐

  她的未来应该有浪漫和诗意
  男人应该暗中念着自己

——张楚

发光的塑料红戒指
将她引向滔天的巨浪
小船将翻,夜空的星
纷纷下坠,落向
轻薄的船身再滚入
复眼的海——

我的姐妹
那是你的第一次婚姻
身体完好如刚出厂的人偶
看文艺电影与星座运程

深夜里吐露与黑道老大的
初恋——

如今海浪溅起
打湿你的黑发,宇宙漆黑
自闭,封装异次元的命运
若干年后,想起往事,
那些独自面对疾病、绝望
与背叛的日子,就像夜空
纷纷下坠的星——

我的姐妹,和我们一样
虔诚地期待爱的降临
却不知道,它只是星光的虚影
既存在,也不存在

# 童　年

这个幽暗房子
方方正正的内部
梦与煎药弥漫

她像一束光
为橡胶头颅种植黑发
将松叶挂上圣诞树
与儿子喃喃细语

她像一束光
照亮外部世界
我听见她的温柔像河流
流淌在漆黑之夜

载着所有渴望
最初的渴望

# 布 偶

油红漆的窗框
被雨淋,风吹日晒
如此平常的事物
她就在那里
刺目,散发危险的
气息,林中之豹
和一盆仙人球
窗台上,无人认领
她将她带回家
剥光了她的衣服
给她洗澡,梳头
她想看布偶
没穿衣服的身体
孤独的身体
有着深红鞭痕的身体

她在她耳边说话
要将她藏起来
放在一个无人找到的
地方,代替她
过另一种生活

# 疼 痛
——写给 F

小鸟被活埋在砂砾中
男孩们刺耳的笑声,头顶上盘旋
如重型机器逼近的轰鸣
你看着更年幼的你——
我们的基因来自同一家族
沉默无声,最初的疼痛

多年后,熊熊的火光
被扑灭,你从他平静的脸上
看不见任何悔意
我们都曾经如此渴望明亮的星
从一间灰暗苍白的屋子里升起

# 室 友
——给陈东东

入夜了,马路空荡荡
我们的手放在你的口袋里
腊八已过,海边吹来的风
让夜晚的山脚充满凉意
走路的时候,我们热爱交谈
像同处一个动物园的室友
让笑声不可抑制地
总在语言转换的那个机关
被你摸到,巫师的变形术
还有谁比你更精通此道?
言辞以及言辞的倒影
将散步的进行时
随着皮肤的温度升高
夜色更暗,诗再次

或者说，无时无刻不
得以赋形，变格为完成时
我们更热衷抢注某个形状
像同处一个动物园的室友
许多时候，你的确更像
一只小松鼠，喜欢啃
一切果仁，脑袋的形状
它的尺寸和身体的比例
都比我们更适合栖居于
森林，可你坚持
归属"元首"[1] 的部落
并模仿我们的声音
它曾让一个南京人
哑然失笑——
如今，抢银行电影
依然是你的最爱
把猫宠坏的人也是你

---

[1] "元首"，诗人所养之猫。

# 系统故障

在谈论这个之前能否
将你从你身上解除就像
把马鞍从马身上卸下来
自我是一种不太先进的
处理器,它有时候妨碍你
运行更高难度的任务
有了它,我们能解决
生活的基本问题
身体不太健康的时候
我们能够自行去医院
进行简单的贸易
购买日常生活用品
促进消费,并因此得到
某种多巴胺,那有益于
我们怀着一颗愉快的心
接近异性,安排约会

在酒精适度的效用下
为神复制它的序列号
开始谈论前让我们
先升级这个处理器
面对浴室里的镜子
重影是代码的运行
你拥抱自己像拥抱
陌生人,你感觉不到
爱,也感觉不到欲望
这个时候,让我们开始
谈论吧,爱是什么?
爱是一个人通向终极的必经之路
终极是什么?终极是神为你写的代码
如何爱一个人?帮助他抵达终极
那么,死亡又是什么?
死亡是系统的修复
诗是什么?
诗是系统的故障
诗是什么?
诗是系统的故障
诗是什么?
诗是系统的故障……

# 悔 疚

乳白的骨瓷
从幼细的手腕跌落
水泥地板传来的回响
取消所有回响
无名指被鞭出一道
赤月峡谷

灰色的屋容纳着风暴
仿佛是星球的口心——
是她们命运的枢纽
必有什么隐藏在风暴中
让声音全部消失
哭泣的母亲,抚摸着她的手
蜈蚣穿过赤月峡谷

许多年后
曾被消音的一切
嘶嘶地响起——
那装了扩音器的悔疚

## 惊 蛰

在阳台，我轻拂着
旧画上微细的尘埃
眼眸的山有大雾覆盖
万物只剩虚淡的轮廓

天色晦暗，书斋有灯亮起
多想在此夜宴知己
惊蛰已来，我却尚未
走出旧年的影子

这惊心动魄的大雾
封锁了整个海湾
城市正度过无序的日子

旧画上的尘埃渗入

空气中，颜色仍黯淡
像画画的人困在她从没去过的地方

新的时代要来了
带着持久的决心

# 墓　园
——于长沙金陵墓园祭张枣后作

谁留下谁就述说离席的人

灰色的天空下

郊外墓园像一座松柏森然的

古罗马剧场

一张椅子落入了冬天

还没彻底告别

缓缓地攀爬上去，沉重的脚步

停顿时，不妨侧耳倾听

远去的飞鸟

再闭上眼睛去舔汉语的甜

噢，下雨了

雨点落在墓碑，花瓣

打湿了递过来的一支烟

只需一些低语的时刻

或者借你的目光凝视一株玉兰花树[1]
也许就回到了你尚未离席的
那一刻

---

[1] 墓碑前后植有张枣生前喜欢的玉兰花树。

# 声 音

它落在低处
城市边那条漆黑的河
周围的声音越来越高
打桩机,乌鸦飞向枯枝
沸腾的生活,污水汩汩从
管道流向我们的喉咙

你被一个声音带走
像无辜的气球
园里的兽在等候夜晚
白天使它们躁动
漆黑的河使它们躁动

你被一个声音带走
是那流水,腥味的人

所需要的一切

园里的兽在等候夜晚
月亮洗刷这个世界
让它变回可理解之物

# 夜　歌

引擎发动粗实的身体——
如受精的鱼轻微抖动,仲夏之夜
他们如此寂寞,憔悴
使你悲伤——这流行的歌
陌生的歌,填满整个广场


想起那醉死街头的异乡人
老恩客身上爬起来的夜女郎


他们比你更懂得悲伤
却从不哭泣——这流行的歌
陌生的歌,填满整个广场


上了发条的身体,抖动着

奉迎夏夜的爱抚，随汗液一起
流淌——

那无处不在的哀歌

# 操　场

夏天是残忍的
毛发、皮肤、脂肪、血管
肌肉往一个方向正步
中岁的礁石丛生
你感受到它们的多余
汗水缓缓地流向
即将插入心脏的尖刀

操场上的人是一个零
操场上的人是一块橡皮

被无形的力扭成一种形状与体积
适宜运输、装置、列队、入库
它不知道你的梦境在现实之外

它不知道你这一生热爱恶作剧

雨被延迟,堆满空箱的操场
忽然响起了鸟鸣——

# 倒 退
——纪念纪念

正演奏的序曲
戛然而止——从此
夜晚在倒退,装甲车在倒退
子弹在倒退,人群在倒退
寄往北京的信在倒退
我们紧握的手心上的汗珠在倒退
说出的词语在倒退
那些本该出生的孩子在倒退
……

从此——
我的日子在倒退

# 金色泳池

上步中路与园岭的交界处

有几栋老旧的楼,曾是市委

楼下有面向市民的食堂

卖韭菜包子,北方人的食物

顶楼的天台上,地砖

残缺、肮脏,然而

夏天的午后,楼底的泳池

闪耀着金色的星光

蔚蓝的水波荡漾,温柔地拥抱

那些光滑的、结实的身体

周边生长着茂密的荔枝林

那个时候,坐在天台的围墙上

少女幼细的双腿在半空轻微摇晃

温暖的夏风,金色的泳池

人们的欢笑,言语

少女长久地凝视着大地

柔软的天空

城市的这个角楼,幸福的人们

漫无边际的荔枝林,更遥远

目光所极(也许是意会),铁轨的一侧

每个夜晚被驶向北方的火车等边分割

宇宙的黑洞,少女的梦

也一起被分割——

那里也曾与楼底的泳池共鸣着

欢笑,言语


少女幼细的双腿在半空轻微摇晃

她在默默数着时间,数着黄昏

她不知道,后来

她又活了二十九年

## 我血中的暮色也是你的


晦暗之国已占有全境

铁蹄,马车,惊慌的嘶鸣

响彻四野,密集的鼓点震动

我的脏器,欲从那山崖一跃

晦暗之国已占有全境


尸横遍野的荒漠

落日已将我们包围

我血中的硝烟也是你的

这些骨头,肌肉,淋巴

眼膜,衰败的脏器——


为了树根生长

为了泉眼流水

为了飞鸟划过天空
为了泥土不再乌黑——

我血中的暮色也是你的

# 敲钟人

> 现在的时间和过去的时间
> 也许都存在于未来的时间
>
> ——T. S. 艾略特

隐疾击中夜晚
沉睡的肉身痛醒
岩浆迸裂,树梢的尖影摇晃
赤道以北的鼓音正撬动地核
然而,敲钟人是谁

咚——咚——
鹊鸪的鸣叫消失
咚——咚——
巨轮正逃离它自身
谁在远方敲钟

群鸦扑向想象的天空

夜晚的身体蜷伏九十度

她从她的梦境走出

镜像的河将夜晚包围

谁在远方敲钟


右手的敞开也是关闭

时间在此处分裂——

向悬浮的词语发问

向蜷伏的夜晚发问

谁在远方敲钟


咚——咚——

醒来的肉身卑微安静

她的意识与鹊鸰同体

快,鸟儿说,快去寻找它们[1]

然而,敲钟人是谁

---

1 此句出自艾略特的长诗《四首四重奏》第一章《焚毁的诺顿》(《情歌·荒原·四重奏》,汤永宽译,上海译文出版社,1994年)。

# 旅 行

蜂巢状的镜子胸腔
洁净的、发亮的地板上
只比天空晚一点抵达的
鸟儿落下,飞走
我们在延迟的期待里闲谈
疾病,如何
进入衰老的身体
疾病,和世界一样古老
鸟儿落下,飞走
电视机里一代伟人正在
缔造东亚的历史
我们开始拉伸腰肢,示范
筋骨之术如何纠正肌肉的生长
耳蜗响起乌托邦的音乐
我们开始服食超现实的药丸

电视机里领导人握手,向群众挥手
我们谈论疾病像谈论政治
或是索尼新款的耳机
落地窗外燃料发动的庞然巨物在等候
灯塔迟迟未发出信号
鸟儿与人保持着节制的距离
这一趟飞行,是所有飞行的其中一次
这只鸟儿,是所有鸟儿的其中一只
它的目光如此新鲜,晨风正吹过灯塔
与闪闪发亮的机翼
那也是一种乡愁——

无所事事的我们
在这个多瘤的身体里逐渐沉默

# 先 人

总与我同在。阳台上
鼠蓝色的陶盆内
龟裂的文竹是它的手,死
不是我所领会的那样——
暮色投在墙壁的阴影

当夜晚走过她的四分之三
(她穿着我的身体)
死去的星星从天空坠落
心的悸动将惊醒我

# 十一月

热浪只在夜晚消退,大海摇动
细密的汗珠覆盖绒毛,星辰何曾来过

密室禁锢的宇宙,因凝视而虚无
史前的星球,暴龙曾是它的主人

如今塑胶蔓延,塑胶奶瓶,塑胶娃娃
塑胶人——塑胶微粒进入我们血液和大脑

史前的星球,暴龙死于寒冷
我们被冬天的热浪裹挟,大海摇动

涌向眉额,在那里禁锢的一个宇宙
一望无际的海雪正在落下

# 春　分

密云遮掩山巅
墙壁变软，台阶湿滑——
她差点摔了一跤
春天分开一个日子
和另一个日子

山雨已经呼之欲出
却在犹豫，应否向大海走去
那里一无所有
只有灰白色的时钟，它滴答
滴答——曾将你吸进去
那乌有之乡，布满血腥海藻

连风的味道都是潮湿的，无力的
像此刻迈不开的双腿

她望向山巅的密云,道路,大海
遥远得像海王星——
山雨已经呼之欲出

这逼近的雨意,让事物
停顿,怀疑——
然而,又能失去什么?
那里一无所有

## 夜行动物

趁着夜色逃亡的动物
属于梦与隔离的甲肝
秋千上的黑猩猩凝视着
你凝视她的双眼

那些过去的夜晚
有太多的野兽与逃亡

脑后永远有一声枪响
让血液沸腾,小便失禁

被你凝视的黑猿于夜晚
凝视着你,一个小小的同类

夜晚幽禁着逃亡的野兽
你的肝上长出夜之花朵

# 暴　雨

暴雨斜打在身上
墓园空旷，仅有我们
受一个出远门的人召唤
他的远行总会带来雨


黑云压城，乌鸦飞越河流
铁桥，火车轨道
田野荒芜，雨一直下
一路无人说话．相互厌恶


暴雨浇透身体．风吹反伞骨
哀伤的儿子勉强撑起
将骨灰盒久久抱在怀里
有人拜佛，为淡泊的远行者
送上香火、金元宝和佛歌

黑云压城，墓园寥落
暴雨在下，一切是水
像死人压抑胸中的话

# 无 题

是什么让我们流泪?
绛云笼罩金钟,雨伞和雨一起落下
巨大的静默酝酿着高于雷鸣的刻度
它将击破任何一个时间,假如
我们去回溯——

残页书写的过往,从不属于
执笔的手,握伞的手,举起黑铳枪……

我们也曾紧握,走在他们中间,一路高歌
雨伞和雨一起落下,泪水一起落下

# 桂阳行

从南方往南方的腹地深入
渐渐远离了海,盐粒从意识剥落
高速的移动让人稍许晕眩
就像时代广播不间断地插入
南中国海的喇叭声
街头巷尾飞出的群鸦
此刻都在高速消逝——

转身却是绿水青山
农人照料残余的春季烟叶
我们安守一座书院的打开
振南,南方之救
此刻,谁在吟——

孤军智取古郡

接续了古韵。此地属楚
有人葬身鱼腹,有人精研造纸术
多少戏台荒草中燃烧
留下的汉字与祠堂
晦暗中发出蓝光
揭示乾隆年间虚无的
芭蕉与湖石,以及
火焰中轮回的道德美景
这一夜,化作夜的颂歌

# 母 岭

如分辨水中之水
永恒的近似中
去指出旧县已旧
舟子夜流五十里
约为霞客的半宿
母岭的鸟鸣冠冕九月
公望的痴心尽付山居
我们仍无法辨认
驿站原是宇宙一瞬
换算静止且凝固的激滟

取决于谁在此地
吹着桂花之西风
默想事件缔造的时间——
鱼的一生回流于江水
人的记忆便是它的记忆

## 沙溪歌谣
——给钱小华

广场的中央有巨槐
它引导我们望向天空
夜晚若没星星,会有燃亮的戏台
一只闪闪发光的翠鸟

落下绿玉一样的羽毛,嗓音辽阔
深远,直抵晦暗远山中荒凉的背影
遗忘了夜的旨意正是遗忘

我们何不痛饮,一醉方休
祷告、默想,感神恩而涕泣

这渺小的人啊,摆脱不去爱与欲望
无处不在奔走,入是门出是路

诵诗,食菌,被炊烟熏出眼泪
转身又去摘野杏与花椒
归途中歌唱的人必不曾经历死亡

# 过墓地

雨正落在荒凉之地
衰朽的房子歪倒路旁
瓦解,桥梁上飞起一只白鹭
向着更远处那幽暗的村庄

我们的汽车穿过羊肠小道
像一场尴尬的谈话
时不时被打断
陷入沉默里

    而沉默
是整个大海的等待
挤出母胎前的黄昏

车窗上模糊的脸
正回忆亡灵的回忆

# 无题或狐步舞

六角星的广场中央

俯冲下来的身体接近于

太空舱内的狐步慢舞——

失重带来的剧烈旋转

被乌云层层裹住

暮色中的琥珀

锁住须臾之间飞翔的欲望

而我的折返也被宿命安排

幻听与幻影剩余的指引

(或许是误导),指引着

一个遗落了钥匙与硬盘的裸体

被精神疾病医师的辨认

带到一面镜子前,进入时空

叠加的虫洞——依然是

飞翔的欲望，速度的显影

肉身无所托的绝望

人机交互时代前夕，最后的挽歌

# 彩虹火车

虹身里开出的小火车
圆脑袋的小矮人,圆的手……
圆气泡裂开,一响指间
童年便过去了

她还留在原处
等待冷昼般的亲吻
落在那旷日持久的荒漠
于水中渴求水源
解开衣裳,溢出苦涩的乳汁
那一直未被拯救的
与蛇果一样无辜的欲念

它们如光斑投射在此刻
天窗前经过的一辆
驶向过去的彩虹火车

# 蛇

梦的反调融入
降临的雾霭
混同蝮蛇之眼
传递那个希声

田埂黑土松软
紫花落在脚旁
金鳞游向眉额
遗忘是腹语散尽

人所未知的路
蛇也许有知
它们静默中嘶吗
引信指向未来

暮光返入的双眼

它们在凝视你

还是你携带的记忆?

你走向它走向自身

## 蝙　蝠

　　　　我们拥有艺术，因此不被真理毁灭。

　　　　　　　　　　　　　　——尼采

是无数的蝙蝠冲入
巨浪涌向悬崖的滑壁
被黑色之翅运送海平面
颤动的浮光掠影
减轻了你脑中的浓度

若不是冠状，还能是什么
海上行走的人，他在向谁言说
再无人，洪水之后必须接受天启
密闭天空的群兽，也正进攻你

头持续痛，无法承载的皇冠

身体离你而去,残肢断臂
割席的城池,付诸一炬,神的回音
响彻天空——

海上行走的人,正在聆听天启
千万只蝙蝠飞起,一如剧烈的痛

(2020年)

# 你将与哀悼的人们为侣

> 你将与哀悼的人们为侣
>
> ——奥维德

干涸，太干涸了
泉井迸裂，黑血冒涌
变形之鸟，尖叫着预言
永夜既是一场大火

灰烬落下，牧羊人与仙
奔走的脸不能被识别
面具幻化你，卡珊德拉

无人听佢，神将训诫
失忆的子民，蚕食的凶鸦
冥河咽喉已封锁，虚空境内

谁在哀泣失去的亲人

咬开这石榴,破雪淹没肺腑

(悼 LWL)

## 岛　屿

起先，只有大海
昏迷在一片深紫的叹息里
起伏，波动，浪翻碎银光
后来，她被赋予南方的岛
拥有祭祀妈祖的名字

岛屿的夜晚永远潮湿
台风召唤诸鬼的出游
庙香变幻着浓荫里的石榴花
渔家从胸膛掏出坠海的繁星

　　　世界在月夜围拢

蛙鸣枯燥如内战的尾声
空袭下的女婴生死未卜

又过了十年,粮食消失
女人、母牛不再流淌乳汁……

  世界在月夜消散

岛屿的命运被盲人预言
呻吟,那蟾蜍察觉先机
铁鸟庞大的阴影缓慢移动
溶蚀她的岛屿——母亲,妈祖

# 太阳十三行

凝视已带来伤害
梦中伸缩的光线运动如花开
       花落


日子在晨昏颠倒,夜将坍塌
故人归来,携带未来的消息


而痴迷于武功者,邀你过招
钟声响起,课铃再一次催生焦虑
无处可逃的人逃入掩耳之中


赛博世界的床言也是一种掩体
在无爱的人们中你抬头望天
却看见太阳之外另一颗太阳

正向你呈现,召唤你

写下另一首诗

# 游杭诗

这一片湖水扫绿码可入
鸟、天空,监控之眼,围绕湖的一切
已构成它的反词——

从自身的方向返回
从自在的时间可溯

我们必然抵达这一片湖水
看它吸收时间以及被时间裹挟的人

*

从任何一个地方来到
一时间冒雨,访溪上,有杂树深潭

幽暗处,却见白鹭一跃而起——
于是唱戏、读诗,文亮有声


想念魏晋有七贤,哭穷途末路
也像我们,在隔离、封锁、驱逐中


流离失所于庚子,大凶年
随西湖客兜转返碧湖亭


许仙抬头望,夜雨峰塔如晦


\*


神王之国,又一群白鹭振振,汇集
不理会西湖客挥手招引


细雨霏霏,与猪头山民进入良渚
仓颉之前,人如何被叙述——


切割玉石,佩碧琮,执斧钺,鼎豆盛物
纪事,祭祀,圆形之眼无处不在

夜宿舒羽家。北客曾说远山如黛
如今芭蕉又迎来南人赞叹——
　　　　仿佛有人重眠那流光梦

# 静  物

它存在于自身的宁静
从晦色,月亮的背影分裂
冬天的枝丫将飞走的鸟翅
重映于湖面——

于是宁静在运动中被打破
为了重新获得一种晦涩

使人感到安宁,诗可不去写
抚摸两个石榴,眺望窗外阴雨

山还在,它存在于自身的宁静
敲钟人也不能将它唤醒,直到——
压抑的心跳发出轰鸣

\*

她也是一种静物,活在
迷雾之中,梳子是桃木的

连衣裙是斜阳落下后的暮晚
或者曾在树梢上呼唤的乌鸦

这宁静的身体给予一种方便
可以不去想,谁在战争中活着

活着又意味什么——砍掉他人的头
喷溅的血,将污染一切,桃木梳

连衣裙,她静物一样的自我
被赋予色彩,像白昼等待光

\*

时间也是一种静物,翡翠杯不再

倒出琼浆,红泥砂壶的圆身已冷

往昔的灰烬,曾经运动的手
凝固的时间,在于自身的宁静

它使人感到安宁,诗可不去写

      (为庚子年的两幅油画而作)

# 无 题

拐入联庄村
景物更迎合萧条经济
荒废的屋檐下订井人狂草的数
能否拨通另一个末世傅山
但我无暇去探究

本来走马观花的事物
沿路有河流、水泾或沟渠
觉察的鹭像风从水中升起——

理解这些事物的本质
在于四周的互联网络

梦幻的电线塔乐园
梦魇降下它黑夜的翅

杂货店关闭白昼中昏睡
铁路匝道灯正在闪烁——
请快速通过

荒野的空心舞台铝合金堆积如山
肃穆的钢板门从天空不慎坠落
国王持剑骑行穿过魔障
水泥桥被一分为二

无人接听的电话无人拨打
反之亦然

天空忽然开朗,橘光在弥漫
下雨了——我们仿佛在海上旅行
而不是驶往墓园

# 这也是一个奇迹

La verité de poésie ne se parle pas.

—Yves Bonnefoy [1]

比青山更青

附庸这一大片潅木丛

残首在秋天将来临之际

巨幅油布分泌剩夏的憔悴

它此刻是一道沉默风景

跨越太阳系飞采的山水

装置着养鸽者之乡

使人惊奇,它不是你梦中

---

[1] "诗的真谛不言而喻。"——伊夫·博纳富瓦

夜夜啼鸣的翠羽鸟消失森林
是混凝土桥底隆起的地平线
被左右高速匝道包围
处于无政府状态的事物中
如养鸽者，想起鹊华秋色

这也是一个奇迹
必须奇迹下去

# 火

多年以后，从必死者的神中
回忆那个傍晚将逝的瞬间——
与晚星擦身，有机玻璃之外
冥界返回的鹰它响彻的哨音

允诺之城就在下界，此刻她
进入的程式也许是一个无穷
生于火的腹部九恒星反复
访问，每一个夜晚被拒之城外

疲惫的必死者长途跋涉
来到配枪的流浪者之间
从日出到日落，Apeiron[1]

---

[1] Apeiron，古希腊语，意为"无穷"。

移动的并不是你。是黑暗 [1]

见过基督的城,黄金的荒漠
高耸的蘑菇云在东方升起
倒悬的城市,单腿的人……

她神中的那只鸟尚未飞出
它一生等待着一个信号——火

---

1 "移动的并不是你。是黑暗"引自罗伯特·潘·沃伦。

# 豹

流陨星落入狼尾蕨的荒漠,我们参观的
动物正观察它的围观者,阴影与它的构造物

吞噬着白昼的火苗中涌出金黄的层岩,裂眦的
某个想法正在成形,但已经分不清谁是客体

是被围观的,关于豹的一切观念,还是围观者
动物园中寻求豹子,而她所见不过是,岩浆中
最华美的光辉,像难民一般落入虚构的乌托邦。

挪移的每一步缓慢,迟疑着它星河幽眇的眼神
每一步都是姿态,一行韵文,顾盼中写着古往今来

同一首诗。葵藿倾太阳,物性固莫夺。[1] 在围栏的

---

[1] 杜甫诗句,出自《自京赴奉先县咏怀五百字》。

虚空中,白昼与黑夜在它心灵中并无时间的轨迹

时间不存在。它负责为美输送观念的一切:
岩浆中最华美的光辉,涌向史前蕨类包围的荒漠

那与它对视的人

# 耳 朵

此时,让我们犹豫的是一只耳朵
它是否还在——向天空垂下阔大
雾霭笼罩着失径的惊鸟
怀疑的屏息与静默

我们期待这只耳朵,它麻木于
雷声洪亮从高天滚下,虫子齐鸣
覆盖彼此,放纵这只耳朵摇晃
暮霞变幻的后浪

大海正抵达它的空间站
它一时很远,一时很近
潮汐涌向需要它聆听的
一些诗,或古老的修辞

相互言说让我们亲密无间
互赠一些诗文,互相诋毁

那只巨大的耳朵,就像一个神
悬在我们之中

# 兔 子

它反对新鲜的事物
暗夜彩虹,或飓风的室内乐
亲密关系足够此生的互噬
再无必要跳入过山车
去寻找另一只兔子

它不在此地,也不在彼处
如果它曾经出现,那也是
运气使然。逃凵虚无
逃离一棵树

抚摸一只兔子也是抚摸所有兔子
不管什么颜色,都意味着它是——
家庭生活的反对者

# Samanea，Salamander[1] & 吴女士

是大雨还是细雨生出了你，Samanea
是我额头的乌云，它们也曾亭亭如盖

但我此时想念我的外婆，她黝黑的皮肤里
也曾开出晚霞，美人蕉，浓荫里的石榴树

这一生她挚爱一个人，将他留在海包围的
鹦鹉螺里，为他生育了六个儿女，黄昏时

向天空敞开巨大的手，亭亭如盖的 Samanea
生于一场大雨或细雨，而我的外婆生于油麻地

二十年代，避乱又回到大陆，光景渐黯淡
可她如愿嫁给我英俊的外公，一生的爱情

---

[1] Samanea：雨木，南美一种树木。Salamander：火蜥蜴。

南美人必定看过雨中生出的树,或奇门遁甲
穿过一个梦。苪美诗人说他相信一种火蜥蜴

正如雨生出了树,外婆生出了四朵金花,蜥蜴
以火的记忆被诗人见证——而我有幸听说

如今外婆九十多岁,也听见了菩萨的召唤——
这让她怒气冲冲,夜晚像一只斗鸡,岛屿的

屋瓦携带着海浪,尿味与烧香弥漫这栋房子
她不再是慈爱的母亲、祖母、曾祖母、曾曾祖母

她变成浑身是火的蜥蜴,油麻地的风水
九十多年来始终萦绕在岛屿上,她如此

暴躁,像岛上每一年的台风,初一十五
不再去拜妈祖,问菩萨——她与雨生的

Samanea,火生的 salamander 一样预感到
生,更预感到死。可是,死是多么奇怪的事

# 在神圣的夜里从一地往另一地迁移

> 在神圣的夜里从一地往另一地迁移
>
> ——荷尔德林

出走密林的象是她的愤怒
凭一己之力不能索得玄珠

象罔,登上破楼,骑一朵白云
坠落于三十二年前的海

玉米踏碎,黑白电视播放
玄珠的沉默中,象与象群
集结、迁徙、游荡在夜晚

夜之密林站立的稻草象
置象的出走于无心

大海迷失于玄珠,夏之象群

走向北方。沿途之胜景

爱与痛让人们追随围观

泉水不在耳际回流

黄昏最后的晚霞消逝后

象群的等待中没有响起

那约定的鸟鸣

心脏被油脂包裹

四肢衰弱无力

双眼的视力模糊

她的象已年迈失忆

落入囹狱

不曾见过北方的海

尽管她的愤怒早已抵达

# 沙 丘

拖着皮箱与初冬
雨气消失后变得沉重的身体
我们走出嘉善路站

从昏暗的影院撤退一万年
还有沙丘、香料、人
和皇帝,无限的帝国——

心依然那么小,婚姻匹配
继承权与政治——
人始终脱离不了组织

走在肇嘉浜路上,骑士们
上下左右困于系统中——
他们站着吃饭,戴着头盔

我们一前一后，谈起昨日
同一个地点上巴士的女人
打着同一个电话说同样的内容

博尔赫斯给她一个圆形的沙丘
和神棍、小偷、演员或者
无所事事——也许是一种疾病

同样地走不出系统之局
每一天去循环过去的某一天
那个朝日新闻的电话，必定在

同一个地点发生，车厢中观众雷同
分秒不差抵达的巴士——沙丘的
一个梦，包括你和我

未来于沙丘的梦中，它已梦见
过往，过往是沙丘之影，它有时
带来肉桂，有时送来远处的血腥

我们一前一后，拖着雨气加重的身体
兴致勃勃地谈论巴士底狱，却丝毫不提
疫情，那一栋正被白色封锁的楼

# 红的因式分解

不再发出无意义的声音

—Octopus Octavian [1]

---

[1] Octopus Octavian,诗人虚构的一个名字。

# I

你的身体对称于天空和铁网
是天空与铁网构成的另一个变奏
我将你称作你,不是她,也不是红

于一节与另一节的泥石流之间,某种
突然的力,失控于它自身,分解出

红,大海与梦,更多的事物
有迹可循,沿着对称性的力——

At least make yourself un petit-déjeuner
We are not mumble-jumble-jungle-habitant [1]

---

[1] 起码得为你自己做一份早餐
  我们又不是胡言乱语的丛林野人

## II

又一个虚构,在我与午后的昏睡之间
胃液翻腾,血周而复始地循环它心肌

动力不足的回流——林中大多数时刻
如此寂静,并没有松风,尖叫奔跑的

绛云,你莫名地等待,却等来一次
溺水。失控的力涌入你的胸膈膜

The evening sun was sinking down
You've seen it million times before [1]

---

[1] 傍晚的太阳正下沉
　　你已经见过无数次（艾米莉·勃朗特的诗句,凌越、梁嘉莹译文）

## III

浑身湿透的女童，疲倦于两个全能的人
咒骂虚空缓慢的龟，那也是一种爱

共眠同一片赤流下，裹着斑纹灰暗的
豹皮，模仿豹的姿态，却只得到它脑袋

垂下时湖水扩散的深红皱褶，仿佛戴上
一个硅胶圆环，而你不过是它的副产品

A tortoise married a turtle and they believe
In the empire of red they will have a perfect egg [1]

---

[1] 一个山龟和一个海龟结婚他们相信
在红色帝国他们会拥有一个完美的蛋

# IV

沉迷观察事物的构成,"在早午饭"
或者"褐色的猫",它是两个宇宙[1]

对于你来说,困难的是去分辨
一个热衷政治的人与另一个

在学会辨别他们之前,你知道一些
关于他们的知只——他们的红心偏北

Robot must obey orders given to it by human beings
Except where such orders would conflict with HIM [2]

---

1 一家餐厅取名 Erunchat,既可以是英语 Brunch at(意为"在早午饭"),同时也可以是法语 Brun chat(意为"褐色的猫"),诗人在此就餐并写了数行评。
2 除非违背他的定律(HIM 也可以是 Hitler in Matrix 或者其他)
机器人必须服从人类的命令

## V

糟糕与更糟糕之间,你选择后者
就能将轮盘再转一圈,未来的歧路
将你带入雾中,会一只迷兔

和它一起佩戴深红滤镜,去看
奇点的新世界孵出更多的迷兔

只有宁静,并无自由与幸福
你开着深红的车插入荒野丛林——

"It's black metal, not dark metal"
You try to understand it in a red way [1]

---

1 "它是黑金属,而不是暗金属"(引译自王文洁,她既是一个诗歌编辑,又是一个乐队人)
你试图以红的方式去理解

## VI

幼小的环蛇终于敞开它的蜷曲
软体在巨大事物的阴影下，与
胎迹重合，从无数的梦境撤退

这个夏天未免太漫长，它的算法
失误，既没有从远行中归来也

没有熬过望不到尽头的闷热
一只鸟从它的枝头忽然坠下

You sought the sound of a mysterious black bird,
One that often falls on the small path you take [1]

---

[1] 你寻觅着一种神秘黑鸟的声音，它
经常落在你散步的小径（摘自梁道本英译梁小曼诗歌《虚拟世界》）

## VII

山谷空旷的腹部化作狙击手它红色的
激光直指雨中观景一颗缓慢的心

红球与天空一起迸裂,你凝滞的心
也被抛出,雷鸣随之而来,落在镜中

你看着你带着雨珠的脸破碎中露出
神指向自身的诘难——

You'll be mourned by me, you will mourn for others and
Always be there when they mourn for their loved ones [1]

---

[1] 我要哀悼你,你也将哀悼别人
你将与哀悼的人们为侣(摘自奥维德《变形记》,杨周翰译文)

## VIII

如此多余，无处安放，尘世间并无
对称之位，衰老的脸上是衰老的未完成
暮色降落时的雨霁带来雨的过去

有一种受难必须发出它暗红的哑弦，像
听到最初的召唤释放其暴力，痛哭之

必要——唯有我们知道不仅是痛哭，是
痛哭的变形记，词，暗红的词开始漂浮——

N'importe où! n'importe où! pourvu que ce soit
Hors de ce monde! Then I heard the cry of red. [1]

---

[1] 哪儿都可以，哪儿都可以，只要不在
这个世界上！然后，我听见了红的哭泣（法语部分摘自波德莱尔《巴黎的忧郁》）

## IX

白瓷壶的坠下场景化为元宇宙的一角
闪烁映像,收入多线性的叙述——红的

命运来自白,白床单,白玉兰,白色歌
同年同月同日生人的白鼻子,你讨厌他

妨碍你看你母亲娇美的脸,尽管它
闪烁时,为你带来一切红的回忆

Thirsting for the source of water in water
Unbuttoning her shirt, with bitter milk overflowing [1]

---

[1] 于水中渴求水源
解开衣裳,溢出苦涩的乳汁 [摘自葭苇、施笛闻(Stephen Nashef)英译梁小曼诗歌《彩虹火车》]

# X

玩偶放在窗外，诱惑一个五岁女童要
触摸它，带回家，如劫骑一头雪豹跨跃

峡谷——你不知道耳内的巨响从哪来
夜行动物的红色军团开始追逐你——

四十多年后，南方的一个冬夜，梦中
军团包围着心律失常的你，以群山的沉默

Geryon lay on the ground covering his ears. The sound
Of the horses like roses being burned alive [1]

---

1 革律翁躺在地上捂住双耳。马的声音
像玫瑰正被活活燃烧 ［摘译自安妮·卡森《红的自传》(*Autobiography of Red*)］

## XI

祭奠一个死去的人，帝国需要更多人倒下
以白花的姿态——夏初的梨花开了，满园的

脂粉落下舞台——原来姹紫嫣红开遍，似这般都付与
断井颓垣[1]。你走在人群中，学会哀伤与愤怒，许多
　年后

元宇宙的密林之象，在神圣的夜里从一地往另一地
迁移，雪花电视映像闪烁，被某个人的脸卡住

De lejos llegaba el ruido de los coches en la autovía:
　gente que
Regresaba a casa Todos vivíamos en un anuncio
　de televisión[2]

---

1　"原来……断井颓垣"摘自汤显祖《牡丹亭》。
2　远处传来高速路上汽车的喧嚣；所有人
　在回家 所有人都活在电视广告里（摘自波拉尼奥诗句，梁小曼译）

## XII

悬臂一挥的高玉电台,为急于
赞美奇功之奇迹又添一层红棺

围绕海岸变幻不定的光景之容器它
翻腾跃跃欲试的心,有志于"活捉林志玲"[1]

而你揪心于暗匣里积灰的溪山
如何藏此身,正当这时代,山谷你说——

I think of the past and the future as well
As the present to determine where I am [2]

---

1 "活捉林志玲"为近年互联网流行的段子。
2 我思考过去,未来还有
  现在以决定我所处的位置(摘自 2007 年美国有线电视台(N/O)对安藤忠雄的采访)

# 札记：与诗有关

1

许多年来，我时常想起一个场景——城市里的一条河，河边的宽阔人行道列植着南方的树，灰白的天空下浓荫如盖，鸟儿飞离其间，马路上人车稀落——这是哪里？我为什么在那里？心中一片茫然，苦思冥想却无答案，就像梦魇让人分不清现实与幻境。

这段记忆，许多年里不断浮现，让我困惑，无法确定它是真实还是虚构。仿佛晨曦中紫色的海水轻微晃动，一次次地扑向赤裸的双脚。你若久久凝视它，那么周围的一切就处于动荡之中，并且分崩离析。在此，我谈的是一种诗歌气质，也是一种影像气质——诗人为身处的时代以及人的处境而写作，同时，希望将一种 déjà vu[1] 的时空感嵌入阅读的时空。

这种恍惚,既将你锚定,同时还把你抛入大海,六方都是水。若要问诗是什么,不同的黄昏也许得出不同的答案,正像黄昏之多姿,鸟鸣之声茂。诗,有时,让我们对现实产生疑问。(节选自一篇为《文学报》而写的创作谈)

2

我 35 岁才开始写诗,想来是有点晚了,但我此生就不是早慧的人,我有我自己慢吞吞、常走神的节奏。其实,狄金森也晚至 32 岁才投稿她的诗作,在迟到诗人的队伍里,我并不孤单。

每一个人都是宇宙中的一段时空,在这段时空里,童年是它的源头。生命最初的经验塑造了我们如何处理自身与世界、宇宙的关系。我父母曾经爱谈起我的一件事,它也是我最早的视觉记忆。从我出生

---

1 déjà vu,法语,意为"似曾相识的事物"。

起，我的小姨就来帮我母亲照顾我直到两岁。我和她的感情非常亲密，小姨走的那天我哭闹不休，在马路上拽着她的衣角不让她离开——直到我母亲发现路旁一朵黄色的野花，我的注意力瞬间转移，不再哭闹，安安静静地攥着手中花朵目送我心爱的小姨离去……

我诗歌写作的源头，是一个多层次、纷繁复杂的"宇宙"，宇宙一词源自古希腊语 Kosmos，它的本义"和谐、秩序"，对应的词是 Chaos（混乱）。我曾以为个人的源头经验只有疑惑与痛苦、失控与挫败，其中夹杂着杜甫与李白的韵律；未继承数学基因的自卑；无法拥有一个布偶的孤独；身处陌生巨大的成人世界中女童如穿山甲般的羞耻不安与畏缩；暗中堆积又消解的暴力与恨、渴望与妄想；以及最持久的，像城堡一样收容了我整个童年的虚构世界——最初的、最强烈的、无限接近真实与幸福、绝对虚构的世界中，始终被现实刺入的恐惧、失落、愤怒、伤心……

我曾以为它只能是 Chaos——它生出三个神祇——但路旁的一朵黄色野花也在这个源头里。它抚慰了伤痛，平息了哭喊。它在三十多年后，带来一个晚熟诗人的晚熟诗歌。

正是暴力与花朵，构成了完整生命的秩序，构成了Kosmos——我们身处其中、由我们自身以及我们的渴望同时构造的宇宙。它浓缩为创世与末世的诗意，而每一个诗人都是它"蛇果一样无辜的欲念"，是朝着至高虚构漂流的奥德赛。

3

阿甘本说，"我们需要将无法理解之物理解为智人独一无二的能力，不可言说的事物是仅仅属于人类语言的范畴"——在我无时无刻不在领会即在感受它的现实世界里，诗之于我，无论以潜意识还是意识的方式，曾有一次被阿甘本更新。

诗可以被理解为"一种朝向语言边界的漂泊"，无限接近边界，即意味着无限接近一种"不可言说""不可理解"之存在（物），诗人徘徊在抵达沉默之途中，最高的诗意是最逼近"不可言说""不可理解"之事物的诗意。

如何分辨"存在"与"物"？"物"在什么状态下从"存在"中逃逸出来，成了纯粹的"物"？而"存在"究竟能否脱离与"物"的关系，并被人所理解与表达？

诗人企图从她的自我中提取一个我，那个稳定的我，可以感知的我，由无数个破碎的我构成，它永远在构成中。诗也从无数破碎的词语中显现，它也永远在构成中。

它努力发出人内心最深邃、最极端的声音，一种无声中轰鸣的声音，为了抵达它所必须使用的每一个词，每一个声音都让诗人内心反复经验着西西弗的经验。

人性的未来也是如此。科技与人性的关系，是词语与诗的关系。

科技必改变人性。当人们像神一样永生，还会拥有荷马或者维吉尔笔下那样的神性？风流、狭隘、好妒、任性、软弱……它们是人性,而不是神性。但人性真的如神话和科幻文学所暗示的那样,是永不消逝的吗?

它取决于我们将拥有怎么样的一种科技未来,反之亦然。科技未来也取决于人性的现实。一首诗取决于组成它的词语以及组成的方式,反之亦然。人性与科技之间的函数关系,让我们的未来从过去出发,又从未来返回,如一列穿梭在莫比乌斯环的地下铁。薛定谔的猫也是诗的一种命运。

人性消失的未来,我们将如何写诗?情感会随着人性消亡而消亡吗?据说,"诗歌的职能之一是情感的复苏"——未来的诗人要如何去写一个后人类之诗?

未来的诗人也会收到不知道是他的未来还是过去所发出的一个信息,并被再一次拉拢进入革命的队伍中,决心革命出"人性的复苏"吗?

那也将是一种觉醒吗?当觉醒之后再无觉醒之

途,人们会返回前智能人类的诗歌中吗?也许,那是终极的有待揭开的真相——毕竟,我们从未真正知道"人"是什么。

4

时间是非线性的。

我们此刻所感知的时间是一种科技落后的时间。科技改变人性的未来之前,首先改变我们对时间的感知。诗人的眼睛如果能清晰看见一只蜂鸟振翼于一秒之内的频率,那么我们将会看见万有引力之虹,以及,时间无处不在。

时间的界限与方向已消失。同时发出的一切声音在互相抵消,诗人落入一个巨大的寂静中。时间消失了。诗人感受到的既是此刻,也是过去与未来,窗外的鸟发出它初生与死亡的鸣叫。

5

**我想起刘皓明翻译的两句荷尔德林的诗——**

我不知道,诗人在这贫寒时代有何意义?
可你却说,他们如同酒神的神圣祭司们,
　　在神圣的夜里从一地往另一地迁移。

2020年1月疫情发生后,按照一些人的说法,我们进入一个新的纪元。我不知道我们能否回到以前——我所讲的是十年前、二十年前。瘟疫加速了时代的拐弯——大门轰然关闭的声音如此沉重。巨大的灾难能夺去人内心一些东西,有赖阅读维吉尔和荷尔德林,我撑过疫情初期最幽暗的一段日子,并更新我的诗歌观念。

如果我同意兰波的说法——他在信中如此写道,"我认为诗人应该是一个通灵者,使自己成为一个通灵者"——诗人,除了当一个通灵者,一个如荷尔德林所说与神直接交流的人,她还能是什么?我想,大多数人也许不同意在当下的语境中强调诗人的"通灵者"身份。在我们这里,焦点与分歧更多可归纳为"隐逸"或"介入"、"日常"或"抒情"——诺斯替那样的神秘主义倾向,离开了宗教意味浓厚的西方诗学传统,似乎无法迁移到另一个诗人在其中历来负载教化职能的文化中。

预言,是一个不断被应验的真理。阿波罗神庙的"人啊,认识你自己"在任何一个时代都正确。诗人,只能是一个面向本质的人,她首先认识她自己,然后认识他人,认识世界。预言,通过认识而得以实现。

诗人又是一个与语言捆绑在一起的人,语言既是她唯一能拯救的对象,也是被其拯救的方式。诗歌的预言性首先在于其语言。每一首被写下的诗歌是一种面向本质的、分裂的言语,经由诗的形式,得以重新整合为一个整体的、抽象的、本质的语言。诗的这种循环性、双重性本身即对世界的一个预言,它不断被应验。

河流总归大海,诗即预言。

6

我的写作动机主要来自个人经验以及周遭的社会现实。政治的现实、人之处境的现实。关于人之处境的历史与未来的现实。而气候变化、自然环境对人的处境所造成的变化同样会引起我的关注与忧虑，这种关注和忧虑也曾被我写入诗歌中。

我难以辨认何人对我诗歌写作影响最大。我赞同T. S. 艾略特的诗学观念，聂鲁达和华莱士·史蒂文斯则是我最早阅读的诗人，但我最熟悉其人及其写作的无疑是陈东东。此外，我深信长期的诗歌翻译工作也会潜移默化地影响一个诗人自身的写作。

谈自己的诗歌是不明智的，也是不可能的。正是因其不可谈论，诗人才将其以一首诗的形式写了出来。比如有人问起《耳朵》一诗里"耳朵"的含义，我能说的是，我所设想的"耳朵"在这首诗中的含义，都在这首诗中。

抛开这首诗，谈论耳朵是可能的。首先，它是一个名词，非常清晰地指向人体的一个器官。这个器官是一个位听器，接收声波的传入，具有辨别振动的功能。世间但凡长有耳朵的生灵，它们之间的交流均取决于这个器官，包括人类。它让语言得以构成。不久前，我到影院重温了电影《阿凡达》，这个外星球上的智能物种，长有一双巨大的耳朵，他们与神灵的交流就是通过声音，人类所不能辨别含义的声音。

我的听觉一直不佳，特别在辨别人类语音的能力上。有一次我身处两个闲聊的女性之中，我没有刻意去听她们说什么，但她们一直在讲，走神的我便在想，她们说的是什么语言？英语？西班牙语？后来，灵光一闪，我突然意识到她们在使用我的母语：粤语。

但我的许多诗歌却来自声音，这种声音产生于我的意识内部，如果说，我的耳朵迟钝于接收外部的声音信息，那它可能更敏锐于捕捉内部的声音。那是一种沉默的声音。诗的声音。

7

从禅宗到绘画，自古就有南北宗之说。董其昌大抵将水墨渲淡、重意境轻技术的士大夫画划为南宗。如此划清界限自是发明了一种观看之道，不可否认也是世俗的话语权力结构之体现。但南方的确是迥异于北方的一种精神向度。我不久前刚去过泉州，在当地听了一场南音演奏，如歌如泣，如怨如诉，具有极大的艺术魅力。当代南方诗歌是否也可如此辨音？它具有女性气质和精妙细微的技艺，个人的声音，感性的声音。

这几年在江南生活时间多了，有一个"中国"，以及对"中国"的理解在我内心被重新构建起来，它接通了历史的想象。在当今的全球化潮流里，我还能从许多江南人的日常生活里辨认出那个更古老一点的中国。从起居饮食到家居布置，室内摆件，墙上书画，周末到寺庙上香饮茶清谈的习惯，以及古琴、评弹等音乐戏剧拥有大量观众等——人们生活于江南文化中。在此地，人们对现代诗和诗人的理解，也更多。一百多年来,"西方"一词以及属于西方的衍生观念无孔不入地渗入我们的意识里,影响我们对世界的认识,甚至成为一种尺度。与它共生的另一个词"东方",也在这一百年来吸收了更多的内涵。东西方的关系,成了我们讲述历史、理解自身的前提。江南乃至长江文化是东方文化的重要组成。它不仅属于我们,自古以来还持续地向周边辐射。它为人类文明创造过最崇高的艺术——中国的古典诗歌、山水画与书法。明清之后,中国诗书画的重镇便转移到江南。

8

我们正处于一个生态环境破坏严重的时代,海洋、陆地都受到严重污染,冰川在融化,城市被雾霾所笼罩,垃圾无处堆放。面对如此严峻的现实,我的诗歌写作,也正如其余诗人一样,很难不涉及对生态环境的忧虑,我写《南京》《十一月》《乡愁》《我血中的暮色也是你的》等诗作,实际上都是对生态问题的一种诗歌方式的回应——"雾霾的风景正涌向我们/而你必须将它念出"(《南京》);"如今塑胶蔓延,塑胶奶瓶,塑胶娃娃/塑胶人——塑胶微粒进入我们血液和大脑"(《十一月》)。生态诗伴随着生态成了人们意识形态里的一个组成部分而出现,生态问题是现代工业社会的一个苦涩的果。生态诗,不一定涉及山水自然,如《南京》,我写雾霾下的城市,这是生态诗和山水自然诗题材上的差异,它的写作范畴是对山水自然诗的扩展。另外,关于山水自然诗,从陶渊明到弗罗斯特,大致属于一个浪漫主义的抒情传统,以景物咏怀,借山水抒情。山水既作为客观描写对象,同时也寓寄诗人自我,"相看两不厌"时,山水与诗人物我两忘,入道之境界。因此,山水自然诗大多具有愉悦、启悟的审美或者宗教功能,而生态诗则更多忧患意识。

9

我的诗歌直接来自声音,借用古老的吟游诗人的说法:"神明将歌谣注入我心中……"我诗歌写作中触景生情、因事缘情等"随兴"不多,它并非我日常生活的即兴表达,更多是过往与当下的生命体验在经过潜意识环节后又回到意识层面的"声音",是艾略特所讲的"经验的集中",也是特朗斯特罗姆的"醒着的梦"——就是说,这所谓的"随兴"背后是有待苏醒的记忆与经验。过往(包括当下)的写作依然来自"神秘信息的使者"(北岛),但影响我写作的不仅仅有我个人历史的意识,同时也有关于未来的意识。

并无脱离思想的诗歌,只要一首诗成立,它自有一种思想。也许,我们在谈论的是诗歌的介入问题,但那属于"立场"问题,而不是"思想"问题。思想与诗歌的关系,并不能理解为内容和形式的关系,它们本为一体,它们的共同来源是诗人的自我意识,当一个诗人的自我意识足够强大时,他(她)的思想即诗歌,诗歌也是思想。我不会将思想独立于诗歌之外来思考它的意义,作为一个诗人,我始终在想的是如何写好我总体的诗与个体的诗,一首诗的写作意义在哪里,它对于总体写作是否必需,它与我、它与世界能否互为"冲印的底片"。

断行、分节或标点使用在诗歌的写作中很重要,它形成了诗歌的节奏感、重音与轻音的区别等。我的诗歌写作从一开始就着力于这些方面的探索,我写过不少纯粹是探索节奏与形式的诗歌,例如早期诗歌

《结核》，它在结构上有所发明：它在第一节结束后做出一个迷宫的指示——"（转第三节）"——旨在破坏，同时重建诗歌本来自然的断行与分节，强行引入一个博尔赫斯的环形迷宫。它不仅像公牛闯入瓷器店一样闯入诗歌的内部时间，也像一列脱轨火车，在空间上旁逸斜出。这是我早期诗歌创作一例，以我当下眼光去看，诗歌并不成功，因此我没有将它放入诗集《系统故障》中。

关于诗歌的断行、分节与标点等使用，不同的诗歌有不同的考量，这种考量既有直觉的影响，同时也是一种因地制宜，以满足诗自身的需要。比如诗歌《系统故障》最后三行的重复以及它的省略号都有清晰的表达和意图，曾有人在读这首诗时，结尾的"诗，是系统的故障"只读了一行就结束了，诗歌的表达因此受损。

我的确在对个人语调与声音的探索发展中已经形成了一些习惯。但在今后的诗歌写作中，它们也许还会产生变化。

"成为一个诗人"不仅意味着我此生要构筑的"另一个世界",也是我与现实、我与他人,以及我与自我等一切关系的校准。

2021年于见山书斋

# "我想做一只虚空缓慢的龟"

## ——答敬文东

**敬文东：** 小曼您好，您的诗总体上讲很简洁、节制，形容词很少。能讲讲这种风格是怎么形成的吗？罗兰·巴特说，风格是心境的蜕变；按照语言哲学家塞拉斯的观点，心境原本就是一桩稠密的语言事件。这就是说，语言风格和心境的变迁有直接关系。您的生活、阅历中，有哪些您认为重大的事件促使您渐渐形成了眼下这种诗歌风格？

**梁小曼：** 文东您好，近岁末一个阴冷午后，我从一个颓丧的梦中醒来，看到您发来的这些文字，读后深深感动，某种裹着我的阴郁气氛渐消散。谈诗是困难的，谈自己的诗尤难，因"身在此山中"。我能谈的，是您的问题所触发的思想，就您提出的一系列话题一一回应，与其说它关乎我的写作，不如说是我们之间一次诗之漫游。

我恒出神，不久前才在一次走神中忽然想到——印刷业得到发展以来，人类已经产生那么多雷同、复制的知识，大量近亲繁殖的"能指—符号—知识"构建的世界中，人越来越迷失，我们从旧的不自由来到新的不自由。我常觉得，人向荒野走去，向自然回归，也许能重新领会"此在"（海德格尔）。

但是"世上并无自然状态"（德里达）。"人"被构建的过程，也是荒野消失的过程，"人"的意识领会的荒野，再也不是"人"出现之前的荒野，这反过来再一次向诗人阐明：伊甸园不复存在。

语言一旦发生，世界仿佛被"系统重装"，或者"格式化了"。语言发生之前，并不存在思和想——让我驻足在此，不再往前，否则将落入海德格尔与阿甘本的"虚无"世界。在那里，语言本身正是虚无之所。

这词语构造的物质世界，对一个诗人而言，很难说不是一种压迫，我领受它的压迫，我在其中生老病死，无路可走，唯有重新改造这个世界，改造这个垃圾如山、污水横流的语言空间，这个由"能指—符号—知识"构造的意识世界，凭着一种词语的重新组合/物质关系的改写，让诗的一种命运突围而出。

2007年到2010年间，单位安排我管档案。这数年经历使我更适应物理世界的寂静。档案室位于办公大楼边缘地带,偏僻又安静。除了偶尔有人来调阅档案,我无须与人打交道,我终日独坐办公桌前,守着库房、档案、文件、大事记……整理、编排和安置它们,市档案局还给我发档案员的证书。白天,我自己关在档案室读书、写作,下班后也常一个人独处,连续数日一言不发。

这段经历,也许让我本质上更为孤僻。往后几年,我几乎将所有的可支配时间用于学语言和诗歌翻译——我与智利诗人有着奇怪的缘分,我翻译的巴勃罗·聂鲁达、罗贝托·波拉尼奥、劳尔·朱利塔,全是智利诗人。波拉尼奥的诗歌被我最早译到汉语诗人的视野中。我试图去阅读和感受马塞尔·普鲁斯特的法语,我也译了一些雅克·普列维尔——现实的层面,我如此专注诗与翻译的手艺活,它们帮助我抵消了外部世界无处不在的暴力。

从最早的记忆起,我就感受着世界的暴力——童年、少年……整个成长几乎在一个虚构世界中度过。一个女童出于痛苦、弱小与渴望一手创造的世界(一个诗人最初的雏形)庇护了注定要成为诗人的她——一个"暴力幸存者"。

2014年，我和陈东东特意搬至远离闹市、背山面海的一个小区。在这个略感荒凉的地方生活、写作、散步、思索，适度外出，去履行一个诗人的责任，参加诗会或者别的写作衍生动作，内心得以保持宁静。这种生活一定程度上修复了我的内心，滋养了我的写作与习艺。

海伦·文德勒用"身体"一词代表风格，她说"我想强调风格和主题间那种难以割裂的关系""一种对生活的新感知正在不请自来地威压着诗人，使那种旧风格看起来不再适宜，甚至相当可恶""诗人反感于此刻的身体，再也不能居住其中了"……[1] 如果说，风格取决于一种心境，那么显然它所揭示的绝不仅仅是诗人个体的心境，而更拥有指向诗人所处时代的蛛丝马迹。是什么样的一种现实，让诗人为她生活其中的"词语身体""声音身体"感到疲累不堪——它是"剩余"被大量制造的一个时代，暴力无处不在的时代，它经由"能指—符号—知识"的体系在持续构建中。

---

[1] 见海伦·文德勒《打破风格》，李博婷译，广西人民出版社，2020年。

**敬文东：**您在《室友》中写道："让笑声不可抑制地/总在语言转换的那个机关/被你摸到，巫师的变形术/还有谁比你更精通此道？"而在《系统故障》里，您谈到了爱、终极等，在这首诗的结尾，您用复沓的方式谈到了诗："诗是什么？/诗是系统的故障/诗是什么？/诗是系统的故障/诗是什么？/诗是系统的故障……"我的问题是：您在写诗时，是否也遇到过类似神秘的经历？能就此展开来谈一下吗？

**梁小曼：**迄今为止，我写诗已经十四年。2013年到2017年间我一度陷入写作的"系统故障"，我停顿了很久，除了一些应制诗，如《致李白》《敬亭山》之类，我几乎不写诗——而应制诗这种机制所触发的书写，自己又颇以为耻。那几年，我在怀疑与沉默中度过。

2017年，我在山海之间生活近三年，某一天，并不热衷大海的我突然想开车到遥远的另一段海滩。那时是冬天，我知道海边将很僻静。我们来到那个逢淡季而景物萧条的小镇中漫步时，我忽然听见一个陌生的声音——虽然还很轻，我却瞬间辨认出，它是一个值得捕捉下来的声音。我当即写下了《较场尾》。从这首诗开始，我转入写作的另一个阶段。

阿甘本说，上帝完美无瑕的名字是至高无上的神秘经验，古希伯来语以及其他闪族语言中，只有辅音被书写下来。根据一个古老的神秘解释，这四个辅音字母IHVH——与"上帝之名"是相吻合的。"它是那神圣的、孤绝的东西，它可以被写下却无法被言说，指示着造物主那纯粹的、赤裸的本质"——阿甘本在此暗示，那神秘的事物是无法被言说的，或者说，神秘正是无法言说自身。[1]

发生在一个诗人头脑中的"诗的声音"完全吻合这个"无法言说"的定义，正如上帝之名，它可以被写下，却无法被复述。一首诗何以来到一个诗人的头脑中？当"诗"遭遇诘问"诗是什么？"，它便触发了"系统故障"，它只能一次次地以"故障"本身去回答"故障"，就像上帝的名字无法言说，却可以一再地写下。又因为"故障"已发生，它将一再地重复自身以实现"故障"。

诗的机制，某种程度上便是故障的机制，当我们去追问，什么是诗，这追问本身便将我们"抛出"——从存在中抛出。于是，人陷入本体论的悖

---

[1] 见吉奥乔·阿甘本《语言与死亡：否定之地》，张羽佳译，南京大学出版社，2019年。

论中。

诗即一种神秘。它是一种无法言说，是只能以"诗"的方式去呈现的事物。因此，诗的书写本身不可避免就是一种神秘经历。汉语的诗歌传统则向来视之为诗人的"灵锐之感"，"动天地，感鬼神，莫近于诗"（钟嵘）。而柏拉图却曾在《伊安篇》中借苏格拉底之口贬低诗人之灵感，"不是人的制作而是神的诏语；诗人只是神的代言人，由神凭附着"，并将诗人驱逐出理想国。贺拉斯后来做出了修正，他写了一本《诗艺》。

古希腊的行吟诗人说"神明将歌谣注入我心中……"，我听见了它，它召唤我赋予它一个诗的形状。有一天清晨，甫醒的我拿过手机就写下一首诗，趁梦境未消失，我赋予我在梦中所领会的一切以诗的形式，这首诗是《太阳十三行》。诗题也来自梦。

"诗不是感情，也不是回忆，也不是宁静。诗是许多经验的集中，集中后所发生的新东西……诗不是放纵感情，而是逃避感情，不是表现个性，而是逃避个性。"（T. S. 艾略特）

既然 T. S. 艾略特在《传统与个人才能》中谈到经验时就决定"停止在玄学或神秘主义的边界上"，

这无疑也是一个必要的提醒,对于诗人,写作既神秘,又是一个手艺活,它的运作机制在一个成熟诗人那里,不过是在其潜意识层面预先内化了诗歌所需要的一切技艺。而这一切除了天赋(它的确具有一定的神秘性),更离不开诗人终其一生浸淫在诗的思索中,并以不断的训练和学习去掌握诗的艺术。

**敬文东**:您在诗中多次写到身体,或者说,"身体"算得上您的诗歌写作中的关键词之一。是不是女性天生比男性更关心身体?或者,是不是女性一定比男性对身体的变化更敏感?您对身体的体验在何种程度上操纵——假如可以这样表述——了您的诗歌写作?

**梁小曼**:被您注意到了,我的确一再写到身体,如《操场》中"毛发、皮肤、脂肪、血管/肌肉往一个方向正步";《在神圣的夜里从一地往另一地迁移》中"心脏被油脂包裹/四肢衰弱无力/双眼的视力模糊/她的象已年迈失忆/落入罔狱";《血中的暮色也是你的》中"我血中的硝烟也是你的/这些骨头,肌肉,淋巴/眼膜,衰败的脏器——"等。

身体是人原初的意象,整个人类文明都建筑其上。汉语的构字造词就大量使用我们的身体意象，一个诗人无法回避语言预设的前提，只要写作，"身体"就自动进入我们的写作中。

几年前，《飞地》杂志采访了十几位诗人，做了一期普鲁斯特访谈，其中有一题问："如果你死后又以某种形式回到人间，你觉得会是怎样的形式（人、动物还是其他）？"我的回答是："数据库里的一个数据文件吧，能被随时读取、全息投影、复制或彻底删除"——大概并非完全的戏言。

我自小耽于幻想，虚构了一个神话世界，每当我不得已从那个世界出来，"俄然觉，则蘧蘧然周也"——极颓丧，视己身如狱。不久前和艺术家魏籽聊天，我和她说，希望有一天，基因技术允许我们随情绪而变身，情绪低落时，我想变成一只蜥蜴。

当我如此想，我可能是庄周的一个化身。

回到我的个人写作，身体意识自然影响到我的写作，特别是影响我的写作态度。我小时候经常生病，我父母说我，天气一坏，就得上医院。上小学半年就因生病而退学休养，以关禁闭的方式被隔离了很久，每天晚上做噩梦，遭遇蛇与猛兽。

二十几岁又生了一场久治不愈、反复发作十多年的病,人生的许多事情都被耽搁了,命运很早就以疾病的形式教育我,一切需要奋不顾身去攫取的成就与我无关,我不得不顾此身——只好在一个边缘的、缓慢的世界里自己玩去。任何点滴收成皆依赖于运气、努力和一点天赋。

我还没谈作为一个性别(Sex)为女的诗人,因为一个女性身体所遭受的各种形式的规训。在当代,"身体"牵扯到更多新的问题——"男权凝视""身体政治"……新的术语,新的运动,新的研究,一个诗人无须紧跟学界的关注,也能感受到世界正在变化,越来越多的女性觉醒于"她"是一个构建。

年轻一点的时候,我会认为自己是一个女性主义者——如果不"主义"就无法表达某个立场——但我也疑惑,我的女性主义和别人的女性主义也许不一样。近年,我越来越看不清楚,身体的局限下,围绕着女性主义、女权运动的一切诉求将把我们带到哪里。有时候,我想,我还是更关心"人"的问题,我想,"人"的问题解决了,那么,其他问题都解决了。

有一天,我们将不再填写性别,所有人都是 Homo Sapiens(智人)。

**敬文东**：您的诗中有一种隐秘的爱、怜悯和仁慈，既不夸张，也不羞涩，恰到好处，这让我很感动。起自波德莱尔的现代主义文学在更多的时刻是审丑的文学。我很好奇：您是如何在新诗写作中平衡美丑和爱恨的呢？我们是否可以半遮半掩地谈论诗与爱的关系？

**梁小曼**：谢谢文东，我感动于您的评价——"您的诗中有一种隐秘的爱、怜悯和仁慈"，收获它出乎我的意料，一个诗人生活中"万人如海一身藏"（苏东坡），但只要写作，便是一种敞开。

"每位诗人的写作都始于自己的情感……"（T. S. 艾略特），我此时回忆，写下的第一首诗确实关乎情感/爱。我不能想象一个诗人开始她的写作而将"情感/爱"放在一旁，无论这种"情感/爱"的对象是具体的人和物还是抽象的人和物，因为人正是一种"情感/爱"的动物，以"情感/爱"的方式存在着。而"情感/爱"可以说，关乎美与丑。

如何在新诗写作中平衡美丑和爱恨——这不是我每一次写作的出发点，但是，它也许一直在终点等着我。每个时代的诗人，都有她需要处理的自身经验与时代经验——这些经验构成她的总体写作资源，或者说对象，其中，当然包括具体的情感和爱，关于亲情、爱情，或者自然与艺术……在此之上，还有一个"绝对律令"范畴的"情感和美"，它有一个永恒的向度。每一个诗人都不可回避在这个向度下展开她的写作，那么，无论诗人的书写关于什么，绝对的"情感和美"始终被包含在其写作中。

一个人心中具体的情感与她的写作或创作的关系很难测量，我也不认为存在"平衡"这么一个尺度。诗人天生的敏感，使得她身处的一切时代，都注定是痛苦的、丑陋的——真正的诗人很难歌颂时代，她不被"疯子"、不被"精神病"，已是诗的一种幸运。我们更多被"恨"包围，可是，恨的反面即爱；丑和美也相互生成——它们之间的张力越大，艺术就更倾向于崇高。错综纠缠的情感投射在创作上所形成最强烈的效果，可见于颜真卿《祭侄文稿》、T. S. 艾略特的《荒原》……

四百年前的傅山就投身于现代艺术的"审丑"运动，他在历来崇尚优美的帖学传统外独树一帜，开了书法史之先河——"宁拙毋巧，宁丑毋媚，宁支离毋轻滑，宁真率毋安排"，以今天的眼光去看，傅山仿佛是我们的同时代人。

随手翻开白话文运动以来的新诗写作，就有闻一多的《死水》在呼应着巴黎的波德莱尔。

如此谈下来似乎我已经站在"丑"的阵营中，然而，我想我无法站在任何一个阵营里，一旦我们去考虑写作中的爱、恨、美、丑，似乎暗示我们对世界拥有某种主动权——然而，这不是真实。更多时候，我们连内心的情感都被剥夺、被改变，我们只能在我们身上承受时代给予的一切，并在我们身上艰难地克服它，尽最大的天赋将它转化为一个时代最清晰独特的声音。

**敬文东：**《沙溪歌谣》的最后一句是这样的："归途中歌唱的人必不曾经历死亡"。《Samanea，Salamander & 吴女士》以这样的句子结尾："可是，死是多么奇怪的事"。恍惚中，也在感动中，我觉得这两句话似乎可以成为这部诗集的总结。不知您是否同意我的感觉？不同意的话，又该怎样指正我的感觉呢？

**梁小曼：**文东兄，您的感受更新了我对这两首诗的认识，当我分别于2019己亥年和2021辛丑年写下了《沙溪歌谣》和《Samanea，Salamander & 吴女士》

这两首诗时，并没有想到它们能成为一部未来诗集的总结，但如今，当我带着一个现实语境再审视这两首诗，特别是后一首处理的"死亡主题"，我同意您的感受——即使不同意，也无须指正。

《沙溪歌谣》写于 2019 己亥年获月云南行途中，此刻回头看，它像一个不祥的谶语。今天清晨，从窗外的阴天中醒来，我忽然强烈地感受到，时间真在一个岔口上，二十年为一轨，我们忽然就被抛入下一个高速前进的新轨道，可能再也无法回到过去。

隔离、核酸、扫码，大数据记录每个人生活的每一个细节……对抗疫情的一切从最初的"临时性"，逐渐构成了一种日常生活。阿甘本关于"例外状态"的描述正在形成物理现实。

2020 年春天，大门轰然关闭的声音如此沉重。在那段日子，我每天读维吉尔和荷尔德林，我从两位伟大的诗人以及他们的经典文本中，多少获得一种抵消"死亡阴影"的力量，这力量强化了我作为一个诗人内心的信念——时间的岔口上，诗与诗人经历着各自的考验。"罗马的诗人们，还有希腊的，你们让路；一部比《伊利亚特》更伟大的作品正在创造"——古罗马诗人如此赞美维吉尔。

诗的美德之中，以其"死亡意识"站在死亡的对面，是它最伟大的一种。

**敬文东**：《游杭诗》在您这部诗集中显得比较打眼，它很深度、很广阔地涉及历史和现实，以及过去、今天甚至未来。我提一个肤浅的、老生常谈的问题：您认为诗到底该如何处理上述因素而又让上述因素必然成为诗的有机组成部分？

**梁小曼**：文东，我理解您的问题实质是关于诗歌的形式与内容，一切艺术的本质问题。

就诗到底该如何处理历史和现实等因素，并让它们成为诗的有机组成部分，第一本汉语诗集《诗经》已做出一个典范。"诗三百"以"四言体的句式、赋比兴的手法、重章叠句、双声叠韵……"等构成它的主要艺术形式，它的诞生及其总体面貌决定了后世诗歌创作的基本面目，影响了后世诗人的创作。某种意义上，它形成诗最初的"范式"，不管汉语诗歌怎么演变、发展、推陈出新，一个汉语诗人对于诗歌的认识无法不受《诗经》影响，可以说，它是一种"先验"的诗歌经验，或者，诗歌的"历史意识"。

T. S. 艾略特认为"历史意识"是诗人不可缺少

的——"历史的意识不但使人写作时有他自己的那一代的背景,而且还要感到从荷马以来欧洲整个文学及其本国整个文学有一个同时的存在,组成一个同时的局面"[1]。

《诗经》以降,汉语诗歌在其语言内部持续发生裂变之下的演变、发展,经由一代代诗人探索与创新,所产生的一切经典文本(骚体、乐府、五言、七言、词曲、新诗等)也构成每一个汉语诗人所当承受的"历史意识"。许多人把新诗与格律诗的关系视作一种割裂,在我看来,它更像"语言内部的一种自然裂变",并非没有过渡(如果考虑到明清的白话小说)。我们对新诗的"颠覆性"之所以感受如此强烈,也许只是因为与这个语言/诗歌事件的距离太近,又或者受到政治话语的影响,使得我们放大了这个"割裂感"。

无论如何,《诗经》以降的诗歌遗产所构成的秩序正笼罩着我们的写作,我们身处这个传统中,既要与它拉开距离,又要与它产生对话,一切方案都围绕着诗歌的形式展开。

---

[1] 见 T. S. 艾略特《传统与个人才能》,王恩衷译,收入《传统与个人才能:艾略特文集·论文》,上海译文出版社,2012 年。

新诗一百年，关于它的形式，我同意张枣和陈东东提到的"因地制宜，随机应变"——似乎是目前唯一可行之策。分行、押韵，是否要借鉴英语诗的音步来讲音尺（闻一多）……在经典诗歌的"范式"影响下，去思考新诗的形式制约，当然有助于一个新诗体的成熟。长诗《红的因式分解》也是我在诗歌形式上的一次探索，它是一个跨语言的实验性作品。

自由体新诗更考验一个诗人的天赋、才能与想象力。我们可以从过去的诗歌遗产中寻宝，可最终也得接受——语言有它自身的命运。新诗作为一种新诗体，形式的"自由/不确定"正是它的本质，它的未来是敞开的，拥有各种可能性。"今天派"诞生以来的四十年间，中国当代诗歌中出现不少实验性诗作，就我有限的视野范围内，就有散文诗、图形诗、跨文体（如陈东东《流水》）、新绝句（王敖）以及我的《红的因式分解》的跨语言实验等。

身为一个诗人，应尽本分去思索与探索新诗的形式，但同时也得接受——面对着语言的持续裂变以及现实世界之动荡变迁，新诗之形式远未到尘埃落定的阶段——毕竟，新诗尚未抵达它的"盛年"。

**敬文东**：我有一个也许稍显机械的观察，但它也许比较管用：古诗和心相关，新诗和脑相关；前者讲究的是诚，后者讲究的是真。当下的新诗写作更多落实在后者，相比较而言冷落前者。过脑和走心是大有区别的。而读您的诗，却让我联想到中国的传统概念——心性。您能为读者解释新诗写作和心性的关系吗？

**梁小曼**：2019年初，我特地飞到东京看"颜真卿大展"，这次展览，几乎涵盖了中国书法史最具代表性的碑帖，从王羲之的唐代摹本到黄庭坚《行书伏波神祠诗卷》。177件国宝级展品中，重中之重乃颜真卿的《祭侄文稿》，书法史公认的"天下第二行书"，其感人至深的力量并非系于颜真卿悲痛欲绝时写下的字多么完美，而是因其见证了大唐盛世转衰的关键事件，更重要的是它代表了儒家文化最理想人格，表现这个理想人格最沉痛的感情、至善的心性。《祭侄文稿》是书法史上典型的"心性之杰作"。

"心性"概念，最早见于《孟子》，然后是佛理，如禅宗"明心见性"，再到宋儒，后来又落入阳明心学（"心即理也，天下又有心外之事、心外之理乎？"），儒道释三宗均欲将其收罗，中国的传统诗学与书画，浸淫其中，潜移默化，无论诗歌、书法还是山水画，都被视为诗人或书画家人格之体现、心性之容器。

最伟大诗人陶渊明与杜甫，其诗之崇高完全离不开其人格之理想——"少无适俗韵，性本爱丘山"，从庄子开始，崇尚自然、淡泊、唯美就构成中国社会的主流审美，文人（诗人）也大多以此修炼个人之心性，若非遭遇现代主义的迎头一击，当代诗人也许依然在这种农耕文明审美下写作，讲诗人道德，写自我之诗，而没看到诗的另一种可能——作为一种艺术，它可以脱离其创作主体而独立存在。

然而，柏拉图就对诗人的道德/良知/心性不抱任何期望，担心他们败坏年轻人的道德而决定将他们驱逐出理想国。事实上，西方诗学源头《荷马史诗》并不关注理想人格，它展示的是人（神）格缺陷的神、作恶多端的神、命运的不可知……这多么背离汉语诗学的"《诗》三百，一言以蔽之，曰思无邪"。西方诗学到了以 T. S. 艾略特为代表的现代主义更是彻底走向"非心性/非个人化"之路——"一个艺术家的前进是不断地牺牲自己，不断地消灭自己的个性"（T. S. 艾略特）。

《诗经》以降的古典诗歌传统与西方现代主义诗歌构成了汉语新诗的两个源头，笼统而言可以将它们分为"心性"诗学与"智性"诗学。当代新诗写作，诗人们因个人志趣之偏倚，各据立场，却难以构成一方合法否定另一方之原理或逻辑。毕竟诗学之交锋背后是两种文明、两种思维之争。

　　疫情以来，许多人深感西方之危机，本国文化似乎占了上风。这场"较量"由来已久，哲人也早已高屋建瓴，如赵汀阳之"天下"。任何结论均为时过早，当代诗人所身处的世界决定了我们的意识无法"躲进小楼成一统"，尽管这依然是大多数诗人的理想——"世界末日之际，我愿正在隐居""走马观花一过，即是葬身之地"（陈东东《奈良》）。

　　心性还是智性，情感还是理性，东方还是西方，有一天它们也许将融合为一个"世界性"（worldness），即道（λόγος）之所在——我对新诗写作的冀望不囿于心性，理想的诗歌应心性与智性兼备，不妨借顾随的话以总结："诗人达到最高境界是哲人，哲人达到最高境界是诗人，即因哲学与诗情最高境界是一。"（《中国古典诗词感发》）

　　另外，我于几年前曾发过一通议论，引用在此：

"诗人,是诗和人的结合……其诗和其人要相互认证。诗人应该是怎么样的?诗人是高贵的。高贵是什么?高贵呈现在所有的选择里——你如何面对责任、利益、被威胁的信仰?如何对待亲人友朋和敌人?如何面对强者与弱者?你如何对待这个时代、看待生命?更重要的是诗人如何对待自己?诗人也是软弱的,因为人是软弱的,但诗人在普遍的软弱的人性之上还应有自省意识,诗人来到世上,是替人们自省,替人们承担那些他们不愿承担的沉重的部分。"

**敬文东**:读到这部诗集的最后一首诗《红的因式分解》(它也是这部诗集的名称),发现您一点都不缺乏书写复杂诗篇的能力、驾驭复杂形式的能力。非不能也,是不为也。毫无疑问,这首诗是心脑结合的杰作,它处理的主题是对世界的分解,既冷静,又动情。告诉我们,您如何想到写这样的诗?我的意思是:这首诗到底是如何诞生的?让我们分享您的喜悦。

**梁小曼**:文东,您对《红的因式分解》的评语让我很感动,这是我公开发表的第一首长诗(组诗),

我很受鼓舞，谢谢。

我一直很纵容自己的慢性子，特别是在写作、艺术方面，我甘愿做一个"虚空缓慢的龟"。写诗也好，摄影、绘画也罢，我似乎下意识地抗拒成熟过早地到来，我想更缓慢一些，更迂回一些。

我有一种先入为主的观点，诗首先是短诗。从《诗经》开始，汉语的使用者就习惯于诗是短小紧凑的，它是语言精华的浓缩。短诗呈现一个诗人语言的天赋与感受的敏锐，长诗更缘于某种不得不如此的需求，一首短诗容纳不了的主题，只好交给长诗。它需要动用诗人另外一些创造能力。

我以为，一个诗人得先把短诗写好了，写出样子了，方好开始长诗的写作。就像在绘画上我也总以为具象没画好，就开始抽象，让人有点不放心，当然，天才不囿于这种成见，如蒙德里安，若继续他的具象之路，大概是难以成为"蒙德里安"的。我特别喜爱的画家罗斯科那些高度精神性的"颜色矩阵"能使观者动容，而我从未看过他任何一幅具象画。

我写长诗的念头起于庚子年，这一年对于我个人来说，它的特殊仅次于二十世纪八十年代的某一年。

作为一个诗人，写诗是她记忆的方式。我 2020 年春开始写《庚子长诗》，写了几章就不得不搁置，它的结构、各个部分/主题之间的关系诸如此类的问题尚未考虑清楚，写不下去了，干脆放一边好好想。

我一直痴迷古典音乐，因此抗拒不了将新诗与音乐联想的诱惑——现代汉语的长诗写作可与西方古典音乐有着结构上的呼应：一切建立在一个核心动机之上，围绕其开展旋律、和弦……不限于音乐，还有建筑，宇宙万物本来就结构相通，无论长诗的可能性有多少种，它并不以"一首短诗的 N 次方"这种方式生成。

长诗创作更像在创造一个世界。

庚子年到辛丑年，疫情、洪水、战事的阴云……这种不得不写的需求就更强烈了，直到辛丑年冬月，《庚子长诗》我还没理清思绪（关于它的语言风格，它的句式、节奏、素材），却在某一天，因为一组我自己的摄影获得一个长诗结构的灵感，但只有结构的灵感还不够，后来，我和人聊天时写了一句话"We are not mumble-jumble-jungle-habitant"（《红的因式分解》第一节最后一句）——就像乐曲中的动机，它一下出来了，它的出现也随之将整首《红的因式分解》向我清晰呈现。对于诗歌而言，语调是非常重要的，它具有巨大的暗示性，这首长诗就是被一个语调（口吻）决定了它的内容与主题，至于它的结构和空间性则来自之前的摄影。

那段时间刚好事情挺多，我都不记得具体忙什么，反正就在各种琐事之间，将它写了出来，有时在咖啡馆，有时在诗歌活动间隙，用去十天时间。

谢谢文东，笔谈让我从更多的角度去思索诗歌问题，尽管，将来某一天我也许会否定当下这些想法——我在看到过去的访谈言论时经常避免不了羞愧，因此，我和您在壬寅年初的这次交流，尽管我已尽量坦诚，但也难保今后不后悔。

谢谢您。

说明：本文凡涉及对象不确定或确定为女性的，统一以人称代词"她"指代，仅在涉及对象为男性时才用人称代词"他"。

# 跋

这本《红的因式分解》,主要收集了我 2017 年到 2021 年创作的诗歌,呈现了本人阶段性的诗歌创作面貌。本书由六十首短诗、一首长诗及一束关于诗的札记和一篇问答构成。《红的因式分解》是对我的第一部诗集《系统故障》的呼应与延续,它们在调性上统一,写作内核也一脉相承。诗集的同名长诗《红的因式分解》是我在跨语言实验上的一个探索,也是我近年最重要的诗歌。

我并非高产的诗人,总体而言,我写得慢,写得少,由此注定了这是一本相对较薄的诗选;一束札记《与诗有关》,整理自我近年回答过的一些访谈内容,加上对敬文东提问的回答,是我对于自己写作的一种梳理与反思,希望能帮助这本诗集的读者稍微理解——这是一个什么样的诗人,她为何会写这样的诗。

感谢促成此诗丛并邀请我参与其中的王君先生、赵野先生。感谢南京大学出版社以及此书责编。

梁小曼 2021 年 12 月 7 日于深圳见山书斋

## 图书在版编目(CIP)数据

红的因式分解:梁小曼诗选 / 梁小曼著. —南京:南京大学出版社,2023.2
ISBN 978-7-305-26177-0

Ⅰ.①红… Ⅱ.①梁… Ⅲ.①诗集-中国-当代 Ⅳ.①I227

中国版本图书馆CIP数据核字(2022)第178965号

| | |
|---|---|
| 出版发行 | 南京大学出版社 |
| 社　　址 | 南京市汉口路22号　　邮　编 210093 |
| 出 版 人 | 金鑫荣 |
| **书　　名** | **红的因式分解:梁小曼诗选** |
| 著　　者 | 梁小曼 |
| 责任编辑 | 付　裕 |
| 照　　排 | 南京紫藤制版印务中心 |
| 印　　刷 | 徐州绪权印刷有限公司 |
| 开　　本 | 880 mm×1230 mm　1/32　印张 5.625　字数 95千 |
| 版　　次 | 2023年2月第1版　2023年2月第1次印刷 |
| ISBN | 978-7-305-26177-0 |
| 定　　价 | 52.00元 |

网　　址:http://www.njupco.com
官方微博:http://weibo.com/njupco
官方微信:njupress
销售咨询热线:(025)83594756

\* 版权所有,侵权必究
\* 凡购买南大版图书,如有印装质量问题,请与所购图书销售部门联系调换